GRANDE AUMÔNERIE

MANDEMENT

POUR

LE CARÊME DE L'ANNÉE 1864

PARIS

IMPRIMERIE DU MONITEUR UNIVERSEL

1864

MANDEMENT

POUR

LE CARÊME DE L'ANNÉE 1864

GRANDE AUMÔNERIE

MANDEMENT

POUR

LE CARÊME DE L'ANNÉE 1864

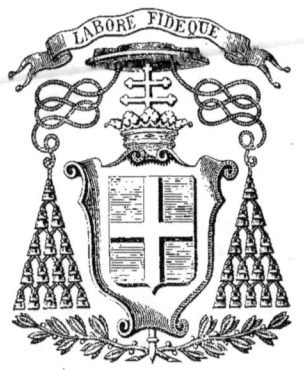

PARIS

IMPRIMERIE DU MONITEUR UNIVERSEL

1864

MANDEMENT

DE

MONSEIGNEUR LE GRAND AUMÔNIER

ARCHEVÊQUE DE PARIS

POUR LE CARÊME DE L'ANNÉE 1864

GEORGES DARBOY, par la grâce de Dieu et l'autorité du Saint-Siége apostolique, Archevêque de Paris, Grand Aumônier de l'Empereur,

Au Clergé et aux Fidèles soumis à notre juridiction, salut et bénédiction en Notre-Seigneur Jésus-Christ.

L'Empereur vient de me conférer un titre qui, d'après la bulle d'institution de la Grande Aumônerie, m'impose à votre égard, MES TRÈS-CHERS FRÈRES, les charges du ministère pastoral et m'autorise à vous rappeler, au commencement de ce Carême, quelques-unes des choses que Dieu prescrit à ses créatures et que l'Église recommande à ses enfants.

Mon devoir et surtout le besoin de mon cœur, en vous adressant la parole pour la première fois, c'est d'exprimer tout ce que m'inspire de vive et profonde gratitude l'honneur que Sa Majesté a daigné me faire; heureux si je puis justifier un si haut témoignage d'estime et de confiance, et répondre, par des actes toujours dignes d'un Français et d'un Évêque, aux sentiments patriotiques et religieux de l'Empereur et du Fils aîné de l'Église!

Pour inaugurer utilement ma mission pastorale au milieu de vous, MES FRÈRES, et pour obéir à l'esprit qui doit animer tous les chrétiens dans ces jours de pénitence et de salut, je désire proposer à vos méditations des vérités qui, du haut de la chaire évangélique, descendent, en ce moment, sur le monde entier, sur les palais et les chaumières; des vérités qui dominent la vie la plus illustre comme la plus obscure, qui nous ramènent et nous attachent à la connaissance, au sentiment et à la pratique de nos devoirs, et qui par là même doivent avoir pour résultat de nous rendre meilleurs et plus heureux. Oui, laissez-moi vous dire, MES FRÈRES, que la vie est courte en deçà du tombeau et longue au delà; qu'il importe de ne pas fermer les yeux sur les problèmes qu'elle pose ou qu'elle implique; qu'il faut examiner et savoir quel est son but et quelles sont ses lois, non point pour s'en tenir à des données purement spéculatives, mais pour arriver à des conclusions pratiques et nous affermir dans la vertu.

Vous le savez, Mes Très-Chers Frères, et nous n'avons tous que trop d'occasions de nous en apercevoir, la vie est une légère vapeur qui se montre un instant et puis disparaît. L'homme est de toutes parts environné de ruines croulantes et d'images funèbres qui le menacent et le bravent. Chaque minute, en passant, lui enlève quelque chose de ce qui fait vivre et lui apporte quelque chose de ce qui fait mourir. Il ne dure un jour qu'à la condition de lutter sans cesse contre toutes sortes d'obstacles et d'ennemis qui finissent par l'user et l'abattre ; le travail, la fatigue et la douleur ont raison de lui et le jettent dans la mort.

La mort ouvre devant nous un autre monde qui sera la justification et le couronnement de celui-ci, et où Dieu s'absoudra du silence qu'il garde sur nos actes d'à présent. Notre âme ne mourra pas, ses aspirations le disent, la raison le publie, la foi l'enseigne et l'univers entier l'atteste ; elle ne mourra pas, et elle entraînera dans l'éternité de ses destinées notre corps, ce cher et noble fiancé, compagnon de ses travaux, racheté comme elle par l'Auteur de la vie et tout empourpré du sang de Jésus-Christ. Les crimes inexpiés de la terre recevront ailleurs un inévitable et juste châtiment, et nos vertus d'ici-bas feront notre bonheur au Ciel pour des siècles sans fin.

Nous marchons vers ce terme, sous l'œil de Dieu et dans notre liberté.

Dieu nous regarde, Mes Très-Chers Frères ; car, comme il nous a mis sur la terre, dans sa puissance, il ne saurait, dans sa sagesse, rester étranger à ce que nous y faisons. Après nous avoir donné

l'être avec des lois et pour une destination positives, il nous assiste de sa grâce, nous couvre de sa miséricorde et nous promet, dans son amour, la gloire et la félicité.

Toutefois, c'est librement et par la vertu que nous y arrivons. L'homme vit à ses risques et périls. Il est responsable, puisqu'il est libre, et il est libre, puisqu'il est intelligent. Il a de l'intelligence pour en user, et l'usage qu'il en doit faire, c'est de prendre la mesure de la vie et de s'y conduire au profit de sa destinée, selon les ordres du Créateur. S'il y a des forces qui le sollicitent et le poussent dans une direction contraire, il y peut résister; car elles n'entraînent que ceux qui se laissent faire. Dans les luttes morales on est vainqueur quand on veut l'être, et l'on y réussit par la prière, qui donne lumière, courage et succès.

Notre destinée future, c'est d'appartenir à Dieu, qui nous appartiendra lui-même pour l'éternité; car tout vient de lui et tout doit retourner à lui : le principe des choses en est la fin, comme il en est aussi la règle. Notre loi présente, c'est que nous tendions vers un si grand but par toutes nos facultés à la fois, par l'esprit, par le cœur et par tous nos actes; car l'homme ne se divise pas, et sa vocation est une.

C'est pourquoi, Mes Très-Chers Frères, donnons notre esprit à Dieu qui est vérité. Nous devons l'étudier et le connaître non pas seulement par la raison, qui est faible et insuffisante pour cet objet, mais surtout par la foi, absolument nécessaire à qui veut savoir tout ce qu'il faut et comme il le faut.

Oui, ayons la foi. On l'a quand on veut l'avoir. Je le sais, elle vient de Dieu, et c'est lui qui la donne. Mais d'abord il la donne à qui la demande et la cherche d'un cœur droit; ensuite elle vient aussi de l'homme, qui n'est pas dispensé d'y mettre son libre concours, puisqu'elle est une vertu, et qu'à ce titre elle suppose des actes personnels et volontaires.

Gardons la foi, et que notre esprit ne s'en laisse jamais détourner par les obscurités mystérieuses et les prétendues difficultés qu'elle renferme ; car ce sont là des excuses qu'il est impossible de tenir pour désintéressées. On discuterait les données les plus élémentaires et les plus sûres de la raison et des mathématiques, si elles devaient mener directement à confesse. Ce qui presque toujours empêche de croire, ce n'est pas la faiblesse des arguments, c'est la force des passions, c'est le trouble du cœur qui monte à la tête.

Vivons de la foi ; qu'elle grandisse en nous et dans ceux que notre parole ou nos exemples peuvent atteindre! car la foi est un principe d'action qui rend les hommes meilleurs et les conduit au salut. C'est elle qui défend le jeune âge contre l'ivresse et l'emportement des sens, et lui tend la main pour le ramener ou l'affermir dans la vertu. C'est elle qui, au milieu des orages de la vie, donne de la force au cœur humain et de la durée à ses fragiles sentiments, et qui veille au foyer domestique pour y sauvegarder, avec la source des générations, l'honneur des familles et la pureté du sang. C'est elle encore qui prémunit l'âme contre l'orgueil et les entraînements de l'heureuse fortune, et qui console et soutient dans la fortune adverse. C'est elle enfin qui rajeunit le cœur du vieillard, en y faisant habiter de magnifiques espérances, qui s'assied au chevet des mourants pour les encourager et les bénir, et qui ne les confie à la tombe que munis du corps et du sang d'un Dieu, avec les germes d'une résurrection glorieuse et tout pleins d'immortalité.

Donnons aussi notre cœur à Dieu, qui est charité. Nous devons l'aimer par-dessus toutes choses et nous élever vers lui, non-seulement par ces vagues sentiments de l'infini dont la nature n'est jamais entièrement dépourvue, mais par ce surnaturel amour dont Jésus-Christ est venu lui-même allumer la flamme généreuse, et qui, sous le beau nom de charité, donne à la vie tout ce qu'elle a de mérite, d'éclat et de grandeur.

Aimons Dieu, Mes Frères. Notre cœur, si haut placé qu'il soit, ne peut nourrir de plus sublimes prétentions, et il ne peut oser moins, sans se trahir lui-même; car telles sont ses aspirations toujours renaissantes, et tels ses insatiables désirs, qu'il ne saurait autrement se satisfaire et se fixer. L'humanité ressemble à ce brillant capitaine des temps anciens, Alexandre, devant qui la terre entière se tut, et qui, au terme de ses conquêtes, ressentit une indicible tristesse, parce que son ambition inassouvie étouffait dans l'univers trop étroit. Eh bien, nous avons tous quelque chose de cette magnanimité : une brûlante ardeur nous consume, et dans cette soif d'infini qui tourmente notre âme, nous cherchons partout un aliment à l'incendie qui promet de s'apaiser, mais qui dure toujours. Comme le conquérant macédonien, qui dans trois pas mesura toute l'Asie, nous parcourons avidement toute la création pour atteindre et saisir l'idéal de bonheur aperçu dans nos rêves. Hélas! tout semble l'offrir, mais rien ne le donne. Notre cœur passe à travers les joies sans pouvoir s'y arrêter; le charme qu'il y avait découvert de loin s'évanouit de près, et la créature seule reste, ajoutant ses imperfections à nos propres misères. Alors, dans la tristesse de nos espérances déçues, nous brisons l'idole d'aujourd'hui pour nous en faire une autre que nous briserons demain, changeant d'illusion, quand il faudrait bien plutôt changer de cœur et nous élever jusqu'à Dieu, par delà cet univers qui ne nous vaut même pas.

Aimons Dieu! c'est la félicité du présent et la condition de la gloire à venir. A qui n'a pas l'amour de Dieu, nulle douleur ne sert, nulle joie n'est bonne, nulle science ne suffit; mais où se trouve l'amour de Dieu, là se trouve aussi tout ce qui donne du prix à l'existence, car il amène toutes les vertus sur ses pas. En éclairant l'intelligence et en purifiant le cœur, il communique aux hommes sa propre noblesse et son énergie, il fait entrer dans leur âme un sentiment qui les détache de la terre et les tourne vers le ciel.

Donnons enfin toute notre activité à Dieu, qui est la règle et la loi, et faisons généreusement sa volonté par l'entier accomplissement de nos obligations domestiques et sociales, civiles et religieuses. La famille, l'État, l'Église : on ne peut détendre et rompre un de ces anneaux sans détendre et rompre aussi la chaîne qui tient les forces vives de la société réunies en un faisceau compacte. Tous les bons principes sont solidaires, comme toutes les mauvaises passions s'entendent. Il y a dans les choses de ce monde une logique qui n'est pas absolue, mais qui n'abdique pas non plus : elle se cache parfois, mais elle a des retours formidables. C'est ainsi que la désobéissance porte avec elle son propre châtiment : quiconque se dérobe à ses devoirs, se trouve par là même affaibli dans ses droits, et quiconque sème l'irrévérence doit moissonner le mépris. En énervant l'autorité entre les mains d'autrui, nous ne la fortifions guère entre les nôtres; car ce que la loi perd, c'est toujours la licence qui le gagne.

C'est pourquoi, soyons fermes dans la route du devoir; qu'il nous inspire et nous suive partout! Que notre influence fasse régner autour de nous ce noble sentiment qui est la meilleure garantie des intérêts privés et de l'intérêt général! Ainsi, que Dieu soit obéi dans ses commandements! que l'Église, gardienne des croyances morales, soit écoutée de tous ses fils! que l'autorité sociale trouve dans les consciences ce respect et ce dévouement qui assurent l'empire des lois et le triomphe du bien public! Oui, que tous ces pouvoirs augustes soient accueillis par tous les cœurs avec piété filiale, confiance et soumission! C'est le vœu de tous ceux qui aiment Dieu et la patrie, la religion et la France.

Ainsi donc, en résumé, la vie relève de conditions dont nous ne sommes pas les maîtres; malgré sa fuite rapide et sa fragilité, elle engage tout un long avenir. Soumettons-nous avec respect aux lois qui la dominent et la protègent, et ne traitons pas légèrement une destinée qui semble petite ici-bas, mais qui sera si grande ailleurs. Ayons un vif sentiment de notre faiblesse et une conviction profonde de notre responsabilité. Songeons sans doute à ce qui est, mais songeons surtout à ce qui viendra; et voyant le lien qui, à travers la tombe, rattache le présent à l'avenir, ne mettons pas nos joies en ce monde où nous n'étions pas hier et où nous ne serons pas demain; mettons notre espérance plus haut et plus loin, en Dieu et dans l'éternité.

Nous permettons l'usage des œufs pendant tout le Carême, à l'exception des trois derniers jours de la Semaine Sainte.

Nous permettons l'usage de la viande les Dimanche, Lundi, Mardi et Jeudi de chaque semaine, depuis le Jeudi après les Cendres jusqu'au Mardi de la Semaine Sainte inclusivement.

Cette dispense ne s'applique qu'au principal repas, si ce n'est le Dimanche où l'on peut user d'aliments gras à tous les repas.

Nous permettons l'usage du lait et du beurre à la collation, à l'exception du Mercredi des Cendres et du Vendredi Saint ; cette permission s'étend à tous les jours de jeûne de l'année.

Les personnes soumises à notre juridiction qui auraient besoin de permissions plus étendues pourront s'adresser soit à Nous, soit à notre Vicaire général ; ou bien encore à Mgr l'Aumônier de l'Empereur, ou au Chapelain remplissant les fonctions curiales dans la Maison de l'Empereur. Nous autorisons aussi le premier Aumônier de chacune des maisons impériales placées sous notre juridiction à accorder, à l'occasion du Carême, toutes les dispenses qui lui seraient demandées, et qu'il jugerait nécessaires ou opportunes.

Toutes les personnes qui usent de la dispense de l'abstinence doivent, selon leurs facultés, faire une aumône applicable à l'œuvre des Écoles fondées dans l'intérêt des familles pauvres du diocèse de Paris.

Une autre aumône, distincte de la première, doit être faite aussi pour l'usage du lait et du beurre à la collation.

La dispense de l'abstinence est accordée pour le jour de Saint-Marc et les trois jours des Rogations.

Le temps fixé pour la Communion pascale commencera le Dimanche de la Passion et finira le second Dimanche après Pâques.

Les prières extraordinaires prescrites antérieurement à l'intention de notre Saint-Père le Pape et pour les besoins présents de l'Eglise se continueront jusqu'à ce qu'il en ait été décidé autrement.

Afin de répondre au vœu du Souverain Pontife, qui recommande spécialement d'implorer la miséricorde divine par l'intercession de la Bienheureuse Vierge Marie, on se fera un devoir de prier avec ferveur aux intentions de notre Saint-Père le Pape, le Samedi surtout, en assistant au saint sacrifice de la Messe.

Donné à Paris, le 25 janvier 1864.

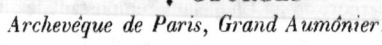

† **GEORGES**

Archevêque de Paris, Grand Aumônier.

Par mandement de Monseigneur,

*Le Secrétaire général de la Grande Aumônerie,
membre du Chapitre Impérial de Saint-Denis,*

Ch. Ouin-la-Croix.

Paris. — Imprimerie Panckoucke et Cᵉ.

www.ingramcontent.com/pod-product-compliance
Lightning Source LLC
Chambersburg PA
CBHW061525170626
46811CB00004B/1854